Jutta Richter

Der Anfang von allem

Jutta Richter

Der Anfang von allem

Carl Hanser Verlag

Die Schreibweise in diesem Buch entspricht
den Regeln der neuen Rechtschreibung.

Unser gesamtes lieferbares Programm und viele andere
Informationen finden Sie unter www.hanser.de

1 2 3 4 5 12 11 10 09 08

ISBN 978-3-446-23096-5

Satz im Verlag
Druck und Bindung: Friedrich Pustet, Regensburg
Printed in Germany

Im Anfang schuf Gott den
Himmel und die Erde.
Die Erde aber war Irrsal und Wirrsal.
Finsternis über Urwirbels Antlitz.

DIE BIBEL, GENESIS
nach Martin Buber
und Franz Rosenzweig

Manchmal spricht Adam auch mit dem Mond. Aber nur, wenn der rund und gelb ist und seinen Mondmund geöffnet hat und diesen stummen Schrei ausstößt, den man noch weit hinter den Sternen hört. Dann springt Adam auf. Und sein Mantel flattert im Wind, und er schwankt ein bisschen, so wie ein Seemann, der nach langer Fahrt wieder das Land betritt.

Und Adam blickt dem Mond ins Gesicht, dann lacht er bitter.

»Ein Lumpengesindel also sind wir!«, ruft Adam. »Du meinst, wir sind ein Lumpengesindel? Ach so! Du willst Dich beklagen? Wir gefallen Dir nicht mehr? Deine Welt gefällt Dir nicht mehr?«

Adam schaut suchend zum Heckenrosenstrauch, denn dort sitzt nachts immer die Katze und lauert auf Beute. Auch jetzt sitzt sie da, und Adam ruft: »Hast du das gehört, Katze? Seine Welt gefällt Ihm nicht mehr! Er hat es satt, sich um uns zu kümmern. Er hat die Nase voll. Ein Lumpengesindel nennt Er uns! Wie findest du das, Katze? Sag was dazu!«

Aber die Katze sagt nichts dazu. Dazu nichts und nichts zu all dem andern. Sie zählt heimlich die Mäuse, die sie gefressen hat, und könnte zufrieden sein.
Wäre Adam nicht da! Der lässt sich nun neben die Katze ins Gras fallen. Der gibt keine Ruhe.
Der hat doch noch nie Ruhe gegeben, denkt die Katze. Anstatt zu warten, zu lauern und in die Stille zu lauschen, zerbrüllt er die Nacht. Und sie faucht leise, weil sie an die Maus denken muss, die sie nun nicht fressen wird.
»Ein Lumpengesindel«, schluchzt Adam. »Er nennt uns ein Lumpengesindel. Er will uns verlassen, und diesmal für immer, sagt Er. Das darf Er doch nicht. Schließlich ist Er verantwortlich. Er hat uns erfunden, Katze, verstehst du, Er hat uns gemacht! Auch zu dem, was wir sind! Und jetzt dreht Er sich um und wendet sich ab und lässt uns da liegen im Staub, in der Finsternis. Warum nur ist Er so wütend auf uns?« Der Mond jedoch steht still und schreit und sieht untröstlich aus.

»Dabei hat alles so gut angefangen«, seufzt Adam. »Kannst du dich noch erinnern, Katze?« Die Katze schnurrt und schmiegt ihren Kopf in seine Hand, und sie erinnert sich …

ES WAR DER sechste Tag.
Und Seine Sache stand nicht schlecht.
Er hatte die Berge gefaltet und das Wasser vom Land getrennt. Die Meere waren entstanden, die Flüsse und die Seen.
Er hatte die Leuchten in den Himmel gestellt. Die gleißende Sonne für den Tag, den bleichen Mond und die blinkenden Sterne für die Nacht.
Er hatte den Hornschuppenstoff erfunden, der die Fische, die Er ins Wasser gesetzt hatte, schützt. Und aus dem Hornschuppenstoff hatte Er dann die Feder entwickelt. Leichter als Luft und gleichzeitig fest und biegsam, damit die Vögel auf den Wogen des Windes gleiten konnten.
Am besten jedoch war Ihm die Sache mit dem Licht gelungen. Schließlich war vorher Finsternis gewesen, pechschwarze Nacht, Irrsal und Wirrsal und Wüste und reglose Kälte, ein undurchdringliches Nichts in einem Meer dröhnender Stille.
Einsam war Er gewesen in dieser endlosen Nacht. Und je einsamer Er sich gefühlt hatte,

desto lauter waren Seine Gedanken geworden. Langsame Gedanken, die Jahrtausende brauchten, um aufzusteigen. Es sollte ein Gegenteil, hatte Er gedacht, es sollte ein Gegenteil geben. Da sollte etwas sein, hatte Er gedacht, da sollte etwas sein, wo nichts ist.

Denn dicht war die Finsternis, und schwarz war die Finsternis, und kalt war die Finsternis. Weiß würde es sein, dieses Gegenteil, und durchsichtig. Warm würde es sein und leicht … Leicht … Licht.

Licht!, hatte Er gedacht, Licht ist das Gegenteil der Finsternis: ein leichtes Licht, so hell, so durchsichtig und warm.

Das Licht würde der Anfang sein, das wusste Er genau. Der Anfang der Welt und zugleich das Ende Seiner Einsamkeit.

»Ich will, dass Licht wird!«, hatte Er gesagt. Und während Er das sagte, war der Himmel hell geworden. Der erste Tag war aufgestiegen. Die Weltzeit hatte begonnen.

Nein, Seine Sache stand nicht schlecht am sechsten Tag.

Im großen Ganzen war Er sehr zufrieden. Natürlich gab es Kleinigkeiten, die man hätte verbessern können. Der Wind zum Beispiel war ein wenig ungestüm geraten und ein wenig groß. Der tobte, heulte, brauste, schwoll und blies von Zeit zu Zeit die Fische einfach an den Strand. Doch konnte er auch streicheln, säuseln, singen und in den Blättern der Bäume flüstern. So hatte selbst der Wind ein Gegenteil in sich. Und das war gut, denn gegenteilig wollte Er die Welt. Wo Gegenteile sind, da kann man sich nicht langweilen. Die Langeweile ist ja die Schwester der Einsamkeit. Und die hatte Er zu gut gekannt in den Jahrtausenden der Finsternis. All das war nun vorbei. Es war der sechste Tag.

Der Wind war lau und wehte leise, die Lindenbäume blühten, die Schwalben flogen hoch, die Tauben gurrten, und Sonnenflecken tanzten auf dem Teich.

Er hatte wenig Schlaf gefunden in den fünf Nächten seit Beginn der Zeit. Es galt zu viel zu bedenken. Wann immer Er die Augen hatte schließen wollen, schoben sich neue Bilder vor den Traum. Es gab so viele Möglichkeiten, so viele Teile und so viele Gegenteile, die noch nicht erdacht waren. In den Augenblicken der Ruhe funkelten tausend Ideen vor Seinem Innersten, und die Freude über das Gelingen hatte Ihn wach gehalten.

Er stand am Ufer jenes Teichs, betrachtete das Glitzern auf dem Wasser, sah, wie die Fische sprangen. Dann schaute Er nach oben und folgte mit den Blicken Seinen Schwalben, die tollkühn und voller Lust den Himmel durchkreuzten.

Und eine unbändige Freude erfüllte Sein Herz. Dies war der Morgen des sechsten Tages, und heute, heute würde Er die Sache vollenden! Bis in die frühen Morgenstunden hatte Er gezeichnet. Hatte Skizze um Skizze entworfen und wieder verworfen und neu begonnen immerfort. Doch jetzt war alles ausgedacht und an seinem richtigen Platz. Er hatte die helle Stimme der Maus erdacht und die feinen Ohren der Katze, den Rüssel des mächtigen Elefanten und die lange Zunge der Giraffe. Alles, alles war erfunden und konnte ins Leben treten. Die Affen und die Fledermäuse, die Kamele und die Schlangen und auch die Hunde, die treuen Wächter des Feuers. Er wollte sie, und sie wurden …

An jenem Mittag des sechsten Tages, als die Sonne im Zenit stand, die Tauben im Blätterdach der Linde dösten und der süße schwere Duft der Lindenblüten über den Teich wehte, lag die Katze zum ersten Mal auf Seinem Schoß und schnurrte. Er strich ihr übers Fell, um zu prüfen, wie dicht es sei, und sie leckte mit ihrer rauen Häkchenzunge dankbar Seine Hand. Und unten zu Seinen Füßen lag der erste Hund. Und dessen Ohren zuckten im Schlaf …

So hätte es bleiben sollen, denkt die Katze und seufzt. So hätte es bleiben sollen. Einen Atemzug lang gab es nur mich und die Maus und Ihn an jenem Mittag des sechsten Tages … und den Hund, denkt die Katze, aber dem hätte ich schon meine Krallen gezeigt, wenn er aufgewacht wäre. Alles in allem war Frieden, und alles war gut, wie es war … Aber Er ruhte nur aus, sammelte Kraft für den Nachmittag, für den letzten Teil Seiner Schöpfung. Vielleicht hätte ich lauter schnurren sollen, denkt die Katze, und meinen Kopf in Seine Hand drängen, oder mich schlafend stellen sollen, es wäre Ihm sicher schwergefallen, meine Träume zu stören.

Vorbei, denkt die Katze, verpasst und vergeigt. Und geblieben, wie immer, ist nur die Erinnerung: an dieses Streicheln, an seine warme Hand … an einen Augenblick voll Frieden.

DENN ALS DIE Sonne den Zenit verlassen hatte an jenem Mittag des sechsten Tages, erwachte der Hund, flogen die Tauben auf, huschten die Mäuse durchs raschelnde Gras, und die Katze spitzte die Ohren und verließ seinen Schoß, um auf Beute zu gehen.

Da wagte Er sich an das Schwerste.

Er ging langsam hinunter zum Teich, der wie ein Spiegel in der Senke lag, denn noch war der Wind nicht wach geworden, um das Wasser zu kräuseln. Er sah Seine Schwalben gespiegelt und eine Wolke, die langsam und weiß ans Ufer zog.

Er beugte sich über das Wasser und erkannte sich selbst.

Lange verharrte Sein Blick auf dem Abbild, das Ihm aus dem Wasser entgegenblickte. Und eine unendlich große Sehnsucht überfiel Ihn von Neuem. Die Sehnsucht nach einem Gefährten. Die Sehnsucht nach einem Freund, einem Vertrauten, einem, der aussah wie Er.

Es war eine Sehnsucht, so alt wie die Finsternis, denn es war einzig diese Sehnsucht gewe-

sen, die Ihn das Licht hatte erfinden lassen und die Weltzeit und alles, was war.
Er würde jetzt ein Abbild erschaffen, so wie Sein Abbild im Teich; und dieses Abbild würde Sein Gegenteil sein, Sein Freund, Sein Gefährte. Der Spiegel des Schöpfers: der Mensch.
Hier würde er wohnen, der Mensch, zusammen mit allem, was lebt, und gemeinsam mit Ihm die Freude dran teilen.
Und während der Wind wieder erwachte und den Lindenblütenduft übers Wasser wehte, während die Katze im hohen Gras lauerte und der Hund zum ersten Mal bellte, sagte Er laut und zum letzten Mal:
»ICH WILL.«
Da standen sie vor Ihm. Der eine war kantig und groß und stark. Die andere kleiner und rund und weich. Beide jedoch waren Ihm ähnlich.
Das war am Abend des sechsten Tages, und sie haben dort lange schweigend gestanden und gemeinsam gesehen, wie ganz weit hinten, da, wo sich Himmel und Erde treffen, die Sonne versinkt.

»Ach, Katze«, seufzt Adam. »Und jetzt nennt Er uns ein Lumpengesindel! Ein Lumpengesindel, so als ob Er alles vergessen hätte, sich nicht mehr erinnern wollte! Aber ich«, sagt Adam, »ich kann mich erinnern! Weißt du noch, wie glücklich wir waren? Ich hätte damals verrückt werden können vor Glück. Vom ersten Augenblick an hätte ich verrückt werden können vor Glück. Und sie hat genauso gefühlt …«

Die Katze könnte nun etwas entgegnen, aber sie schweigt, weil sie glaubt, dass das klüger ist. So beginnt sie stattdessen ihr Fell zu putzen, senkt den Kopf und leckt sich dann sorgfältig die Brust. Adam aber liegt auf dem Rücken im Gras. Er blickt in den Himmel und sieht eine Wolke, die sich jetzt langsam vors Mondgesicht schiebt, und ein Schluchzen macht ihm den Hals eng. Und er kann nicht weiter erzählen, weil ihm salzige Tränen übers Gesicht laufen.

Und die Katze tut so, als merke sie nichts, aber sie weiß, dass Adam wegen der Wolke weint, wegen der Wolke, die er jetzt sieht und damals gesehen hat, an jenem Nachmittag, als die Glückszeit begann.

ADAM HATTE LANGE geschlafen. Das Moos war weich gewesen und die Wiese grün. Und abseits im Schatten des Haselstrauchs lag der Hund. Der schlief immer noch fest, und seine Beine zuckten, weil er vom Hasen träumte, dem er nachlief.

Auch Adam hatte geträumt. Es war dieser Traum, den er so oft schon geträumt hat, und jedes Mal nach dem Erwachen ist ihm das Herz so schwer. Und er weiß nicht warum, denn es geht ihm doch gut hier im Garten. Er schneidet die Hecke, er veredelt die Rosen. Das hat er sich immer gewünscht. Und keiner ist da, der ihm befiehlt, der ihn zur Eile antreibt.

Das hat er doch gewollt: sein eigener Herr sein, den Pfauen Mais hinstreuen, das Gelege der Ente behüten, wissen, wo Bärlauch wächst und Kamille, die Lindenblüten sammeln, um später im Winter den Tee zu trinken, der den Husten heilt. Und der Hund ihm zur Seite und die Katze ihm zu Füßen. Das hat er sich immer gewünscht.

Der Garten war groß und die Mauer, die ihn umschloss, mit Efeu bewachsen.

Das eiserne Tor war mit dicken Ketten gesichert, die von einem alten geschmiedeten Schloss zusammengehalten wurden. Den Schlüssel dazu hatte Adam nie gesehen, aber er brauchte ihn auch nicht, denn die kleine hölzerne Pforte hinter dem Weißdornbusch war nicht verschlossen. Sie lag so versteckt unter den Efeuranken, dass niemand, der diesen Eingang nicht kannte, ihn finden würde.
Durch diese Pforte hatte Adam damals den Garten betreten. Durch diese Pforte kam auch der Herr, wenn Er, was selten genug geschah, von Seinen Geschäften draußen ausruhen wollte. Was für Geschäfte das waren, wusste Adam nicht.
Der Herr war wortkarg.
Er schritt die Gartenwege ab, Er prüfte die Rabatten, Er zupfte hier und da ein welkes Blütenblatt vom Stängel, und all das tat Er schweigend. Dann stand Er in der Abendsonne und

sah hinüber, hin zum Herrenhaus, wo sich das rote Licht funkelnd in hundert Fensterscheiben spiegelte. So war es immer, wenn Er kam. Und Adam kannte jeden Schritt des Herrn und blieb in Seiner Nähe.

Wenn Er lange genug das Lichtspiel in den Fenstern des Hauses betrachtet hatte, konnte es geschehen, dass der Herr doch noch mit Adam redete.

»Bist du zufrieden, Adam?«, fragte Er. »Geht es dir wirklich gut?«

»Gewiss, Herr. Das Leben hier ist schön! Ich wache fröhlich auf und freue mich am Abend auf den nächsten Tag!«

Immer wenn Adam so geantwortet hatte, war ein Lächeln über das Gesicht des Herrn geglitten, und alle Müdigkeit war von Ihm abgefallen.

Es war das Lächeln, auf das Adam wartete. Denn dieses Lächeln sagte: Du bist ein guter Gärtner. Ich freue mich, dass es dich gibt. Und das war viel.

Der Garten war dem Herrn sehr wichtig. Eigenhändig hatte Er den Plan gezeichnet, nach dem Pflanzen und Sträucher und Bäume gesetzt worden waren. Die Wasserspiele, die kleinen Fontänen, den See, all das hatte Er auf große weiße Bögen gemalt.

Und diese Bögen lagen sicher verwahrt in einer schweren Truhe im Herrenhaus.

Dort hatte sie der Herr ihm gezeigt. An jenem Morgen, als Adam seinen Dienst antrat.

Es war ein fabelhafter Plan, das hatte Adam gleich erkannt.

Der See lag in der Mitte. Er wurde von vier Wasserläufen gespeist, die aus den vier Himmelsrichtungen kommend den Garten durchliefen. Der Herr hatte erklärt, dass Wasser das Wichtigste sei, denn ohne Wasser würde nichts gedeihen und keine Blume blühen und kein Baum Früchte tragen. Die Wasserläufe teilten den Garten in vier Teile:

den Blumengarten,
den Gemüsegarten,
den Obstgarten und
den Tiergarten.

Jeder Teil war anders und auf seine Weise schön.
Am schönsten fand Adam den Blumengarten. Dort wuchsen Orchideen neben Rosen, dort stand der stolze blaue Rittersporn leuchtend vor dem weißen Jasmin, und Veilchen dufteten unterm Fliederstrauch.
Der Blumengarten wechselte die Farbe mit den Monaten, so wie die Menschen ihre Kleider wechseln. Im Winter leuchteten die roten Ilexfrüchte vor den immergrünen Buchsbaumblättern, im frühen Frühjahr war der Blumengarten weiß, Schneeglöckchen blühten neben Christrosen, um dann ins Gelb zu wechseln – Primel und Schlüsselblume, Osterglocke und Tulpe. Die Rosen fingen im Mai an zu blühen. Ein Rot in allen Tönen, und dann im Herbst wurde der Garten blau. Die Asternzeit begann.
Ja, Adam fand den Blumengarten schön, dem Herrn jedoch war der Obstgarten wichtiger. Er wachte über das Wachsen der Bäume. Er kreuzte Pfirsiche mit Pflaumen und saure Äp-

fel mit süßen. Und wenn dann eine neue Sorte Früchte trug im Herbst, holte der Herr den großen Korb, stieg selbst auf die Leiter und nahm die Früchte ab. Und abends in der Küche saßen sie zusammen, probierten und dachten über Namen nach. Die Äpfel nannten sie Morgenduft und Abendtau und Glockenapfel und Süßschmelz, denn diese Namen lagen Adam auf der Zunge wie die reifen Früchte, und das gefiel dem Herrn. An solchen Abenden wurde Er fröhlich, und wenn Er auch nicht viel redete und selten selbst einen Apfelnamen fand, so lachte Er doch oft.

Der Herr verließ den Garten stets beim ersten Morgenlicht, und Adam stand am Fenster, sah ihm nach und wusste nicht, wann Er wohl wiederkommen würde.

So war der Herr, so war der Garten, so war das Leben, das Adam lange Jahre lebte, den Hund zur Seite und die Katze ihm zu Füßen.

In den Nächten schliefen die Hühner im Stall, morgens krähte der Hahn, der schöne Pfau stieß seinen hässlichen Schrei in die Luft, und die Tauben ruckten die Hälse und gurrten.

Alles war gut gewesen, wie es war, alles hatte Adam gefallen.

Bis zu dem Tag, an dem er zum ersten Mal diesen Traum träumte. Und danach jeden Tag diesen Traum träumt, und nach dem Erwachen ist ihm das Herz so schwer. Und er weiß nicht, warum …

Im Traum sitzt Adam am Tisch, und alle sind da. Und es ist Sonntagnachmittag. Und sie lachen und erzählen Geschichten von früher. Wie sie im Apfelbaum gesessen hat und nicht mehr herunterklettern konnte, weißt du das noch? Und es riecht nach Kuchen, und die Fenster stehen offen, immer stehen die Fenster offen im Traum, und der Wind weht Musik ins Zimmer, Musik von weit, von irgendwoher.

Und im Traum sitzen die Kinder auf seinen Knien. Zwei Söhne, die riechen nach Äpfeln und Milch. Und in der Tür, da steht sie. Hell wie die Sonne, und ihre Augen strahlen, und ihre Lippen sind rot wie Rosenblätter im Juni, und ihr Kleid hat die Ritterspornfarbe. Und sie lächelt ihm zu. Doch wenn er aufspringen will, sie zu umfassen, schließt sie die Tür und ist fort und mit ihr alles andere auch, die Kinder, der Kuchen, selbst die Musik. Dann wacht Adam auf, und das Herz ist ihm schwer.

Je öfter er im Traum ihr Bild sah, desto sehnsüchtiger wurde er. So eine Sehnsucht hatte er nie zuvor gekannt. Alles war schwer unter dieser Sehnsucht, alles war matt und stumpf, als läge ein grauer Schleier über den Dingen. Die Sonne schien nicht mehr so hell, der Himmel war nicht mehr so blau, die Blumen dufteten nicht mehr so süß, und in den Beeten wucherte das Unkraut. Wenn in den Nächten die Nachtigall sang, zerriss es Adam das Herz, und er musste weinen und wusste nicht, warum.

Die Katze hätte es gewusst, die Katze wusste immer, warum etwas so war, wie es war. Sie sind seltsame Wesen, denkt die Katze, sie hören eine Nachtigall, sie sehen eine Wolke und müssen weinen, und alles ist wieder da, die ganze Freude, der ganze Kummer, alles ist wieder da, als wäre es nie vorbeigegangen, und das nur, weil sie Jahre später eine Wolke sehen …

ADAM HATTE LANGE geschlafen an diesem Nachmittag. Das Moos war weich gewesen und die Wiese grün. Und abseits im Schatten des Haselstrauchs hatte der Hund gelegen.

Das Erste, was Adam sah, als er die Augen aufschlug, war die Wolke. Eine kleine Wolke, sehr weiß und sehr weit oben. Der warme Wind schob sie durchs Himmelblau, und eine Weile folgte Adam dieser Wolke mit den Blicken. Dann setzte er sich auf.

Der Obstgarten lag da wie immer. Die Pflaumenbäume, die Aprikosen- und die Pfirsichbäume bogen sich unter der Last der reifenden Früchte. Das würde eine gute Ernte geben. Der Spätsommer war warm.

Die frühen Süßschmelzäpfel im Apfelgarten leuchteten gelb zwischen den grünen Blättern, daneben stand der Glockenapfelbaum, behängt mit roten Früchten, die noch die Sonne brauchten und einen milden Herbst.

Die Wespen summten, alles schien wie immer.

Und doch war etwas anders. Das spürte Adam,

und auch der Hund war unruhig. Er schnürte mit gesenktem Schwanz über die Obstwiese, blieb stehen, hielt die Schnauze in den Wind und schnupperte, und plötzlich bellte er, lief ein paar Meter vor und hetzte dann zurück zu Adam und stieß ihn an und bellte wieder.

Adam stand auf.

Der Hund sprang an ihm hoch, lief ein paar Meter vor und dann zurück und wieder vor und blieb dann stehen, um zu gucken, ob Adam ihm auch folgte. Er führte Adam durch den Apfelgarten hinunter bis zur Schlehenhecke.

Dort blieb er stehen, wedelte mit dem Schwanz und bellte kurz und leise.

Sie lag im Moos und schlief, die Knie an den Bauch gezogen, den Rücken rund, den Arm unter dem Kopf. Nicht mal das Bellen hatte sie geweckt.

Sie war's. Als wäre sie aus Adams Traum gefallen, lag sie da. Hell wie die Sonne und ihre Lippen rot wie Rosenblätter. Ihr Kleid hatte die Ritterspornfarbe, und ihre runden Brüste hoben sich mit jedem Atemzug.

Er hielt den Hund zurück, beugte sich über sie, sie zu betrachten. Dann streckte er die Hand aus, wollte sie berühren.
Sie wird verschwinden, dachte er. Gleich ist sie fort.
Aber sie blieb, diesmal verschwand sie nicht. Sie öffnete die Augen, sie sah ihn an und lächelte. »Dann bist du also Adam!«, sagte sie. »Ich komme, dir zu helfen. Der Herr hat mich geschickt. Er meint, die Arbeit würde dir allein zu viel!«
»Und … wer bist du?«
»Ich heiße Eva«, sagte sie. »Ich habe dich gesucht und konnte dich nicht finden, da dachte ich, ich ruhe mich ein wenig aus!« Die Wörter fielen ihr wie Perlen aus dem Mund. »Der Weg war lang. Ich muss wohl eingeschlafen sein! Was starrst du mich so an? Komm, zeige mir den Garten und das Haus.«
Inzwischen war sie aufgesprungen. Sie streichelte den Hund, und auch die Katze war gekommen und strich ihr schnurrend um die Beine.

Adam stand reglos da. Sie roch nach Milch und Wiese. Sie stieß ihn an.

»Nun komm doch, komm!« Er ging voraus, sie folgte ihm. Und Hund und Katze auch.

Und alles, was sie sah, wurde zu Worten. Sie jubelte für jede Blume, rief Ah und Oh, und ihr Entzücken hallte durch den Garten.

Für Adam waren ihre Worte wie ein Regen nach einer langen Trockenheit.

Sie fielen in sein Herz und wuschen allen Kummer fort.

Das Beste jedoch war, sie war kein Traum, sie war aus Fleisch und Blut wie Adam selbst. Er konnte sie berühren, und sie blieb. Das machte Adam stumm vor Glück. Er wusste gar nicht, was er sagen sollte. Aber das war nicht schlimm. Sie redete für zwei.

Spät abends saßen sie am See, in dem sich Mond und Sterne spiegelten, da endlich sagte Adam: »Eva, ich habe dich geträumt!«

Sie war nicht mal erstaunt. Sie lächelte und sagte dann: »Ich weiß!«, und legte ihren Kopf an seine Brust.

Von da an schliefen sie in einem Bett, und alle Tage waren Glück.
So großes Glück, dass Adam es nicht fassen konnte und manchmal mitten in der Nacht erwachte und ihrem Atem lauschte.

DANN KAM DER HERBST. Die Asternzeit. Der Blumengarten blühte blau, und morgens glitzerte der Tau in allen Spinnennetzen. Die Erntezeit war da. Die Äpfel waren reif.

In diesem Jahr trug wieder eine neue Sorte Frucht, die keinen Namen hatte. Vor Jahren hatte sie der Herr gepfropft. Gekreuzt aus Morgenduft und Abendtau und einer dritten Apfelsorte, einer unbekannten, von draußen aus der Welt.

Wenn der Herr in den Garten kam, war Er zuerst dorthin gegangen, zu sehen, ob der Schössling auch gedieh. Er hatte befohlen, dass Adam dieses Bäumchen ganz besonders pflegen sollte. Es war mit Quellwasser gewässert worden. Zwei Ascheringe hatten es vor Schneckenfraß geschützt. Und nur bei Neumond hatte Adam diesen Baum beschneiden dürfen, dann würde er nicht bluten, hatte ihm der Herr erklärt.

Der Baum war wirklich wunderbar gediehen, und seine Äpfel waren wie gemalt, rotbackig, groß und rund.

Es würde eine Wonne sein, sie zu probieren, dachte Adam.

Eva war schwanger. Und jedes Mal, wenn Adam den Apfelbaum betrachtete und seine reifen Früchte, fiel ihm ihr Bauch ein. Der war so rund wie diese Äpfel, und Adam musste lachen. Die Apfelsorte würde Eva heißen.

Sie reichte ihm die Körbe an, und Adam erntete. Er pflückte jeden Tag. Er stand hoch oben auf der Apfelleiter, und wenn sie zu ihm hochsah, sah es aus, als würde er die Wolken pflücken.

Fast alle Bäume waren abgeerntet, nur dieser neue nicht. Und Eva maulte, und sie drängte ihn. »Nun pflück doch diese Äpfel endlich!«, sagte sie. »Willst du denn warten, bis der Wind es tut?«

Doch Adam sagte: »Nein! Das darf ich nicht! Das macht der Herr!«

»Und wenn der Herr nicht kommt? Wenn die Geschäfte es Ihm nicht erlauben?«

»Er kommt! Ich weiß es! Er war immer da, wenn eine neue Sorte reif geworden ist!«

»Und immer ist nicht jetzt!«
»Hör auf damit!«
»Ich denke nicht daran! Wenn du nicht ernten willst, dann ernte ich!«
»Aber nicht heute!«, sagte Adam. »Es ist schon spät! Die Sonne sinkt, lass uns nach Hause gehen!«

»Ach, Katze«, seufzt Adam. »Ich war so glücklich. Und so verliebt in Eva … Sie wollte diesen Apfel, diesen einen nur! Das Kind in ihrem Bauch hatte zu treten begonnen. Ich konnte schon die Füße meines Sohnes fühlen, wenn er trat. Sie aber hat sich den Leib gehalten und geweint.
›Du liebst mich nicht! Wenn du mich liebtest, würdest du mir diesen Apfel gönnen! Ich weiß, wenn ich den Apfel esse, wird es besser. Dein Sohn in meinem Bauch wird schlafen und zufrieden sein!‹
Was hätte ich denn tun sollen, Katze?«

DIE ÄPFEL GEHÖRTEN uns nicht. Doch Eva weinte. Sie weinte, und ihre Tränen brachen mein Herz.

In dieser Nacht träumte ich schwer. Ich träumte Eva auf der Leiter. Ich träumte, dass die Leiter schwankte, und Eva fiel mit einem lauten Schrei herab, sie lag im Gras und hielt das Kind im Arm, und es war tot.

Da fuhr ich hoch und wachte auf. Ich tastete nach Eva. Sie war nicht da. Und ich erschrak. Ich sprang auf, sie zu suchen, stolperte blind vor Angst durch den Garten.

Ich rief ihren Namen, wieder und wieder. Und der Hund lief voraus und bellte.

Endlich erreichten wir den Baum.

Sie hatte die Leiter angelegt, stand schwankend auf der obersten Stufe, den dicken Bauch fest an den Stamm gepresst.

Mir blieb das Herz fast stehen vor Schreck.

»Komm da runter!«, rief ich. »Du wirst fallen und dir den Hals brechen. Komm bitte herunter! Denk an das Kind!«

Sie hörte mich nicht. Sie streckte den Arm aus.

Ihre Fingerspitzen streiften den untersten Apfel. Sie fasste ein Blatt und zog den Zweig zu sich heran.
Ein heftiger Windstoß fuhr durch den Baum, und eine dunkle Wolke schob sich vor den Mond.
Sie streckte sich, fasste den Apfel und riss ihn vom Zweig. Ein zweiter Windstoß rüttelte am Baum. Die Leiter schwankte. Ich packte sie und drückte sie gegen den Stamm. Eva schaute nach unten. Obwohl es so finster war, sah ich die Angst in ihren Augen.
»Komm jetzt!«, rief ich hinauf.
»Ich kann nicht! Mir ist schwindelig! Es ist zu tief!«
»Du darfst nicht nach unten sehen!«, rief ich. »Schau immer nach oben und versuch, mit dem Fuß nach der Sprosse zu tasten!«
Der Wind wurde heftiger und die Nacht immer schwärzer. Kein Stern war am Himmel. Ich konnte die Leiter kaum halten.
Eva tat, was ich sagte. Sie tastete nach der Sprosse, erreichte sie und nahm dann die näch-

ste. Erst auf der drittletzten rutschte sie ab. Ich fing sie auf, hielt sie im Arm, und dann standen wir beide zitternd im brüllenden Sturm unter dem Baum.
Auch der Hund bellte nicht mehr. Er hatte den Schwanz eingezogen und kauerte winselnd im Gras.
Sie aber hatte den Apfel während des Kletterns nicht losgelassen und ließ ihn auch dann nicht los, als wir uns gegen den Wind stemmten, um das sichere Haus zu erreichen.
Der Sturm war ein böses Zeichen. Ich wusste das, und ich glaube, Eva wusste es auch, denn als sie den Apfel zerteilte, zitterten ihre Hände.
Wir saßen am Tisch in der Küche, und der Wind rüttelte an den Fensterläden.
Sie schob mir schweigend die Hälfte des Apfels herüber. Ich wollte nicht essen, ich wollte wirklich nicht essen, aber ich aß.
Der Apfel schmeckte bitter und süß und ein wenig salzig, er schmeckte nach Herbst und nach Heimweh, so wie die Tränen schmecken, die wir weinen, wenn wir allein sind.

Und wir waren allein. Wir saßen uns gegenüber und waren doch jeder allein.
Selbst wenn wir uns berührt hätten, es hätte nicht geholfen. Ich hatte immer geglaubt, ich würde Eva kennen, so wie ich mich selbst kannte. Ich hatte geglaubt, sie wäre ein Teil von mir, wie meine Hand oder mein Arm.
In dieser Nacht wusste ich plötzlich, dass es nicht so war. Ich kaute den Apfel und wusste, dass ich nicht einmal mich gekannt hatte. Ich war mir fremd geworden.
Was tat ich hier in dieser Küche? Warum saß ich mit dieser Frau, die gierig einen Apfel aß, an diesem Tisch, in diesem Haus, in dieser Nacht?
Es war, als sähe ich mir selber zu, als stünde dort ein zweiter Adam an der Tür. Und dieser zweite Adam hatte scharfe Augen. Er sah den gewölbten Leib der Frau, ihr aufgedunsenes Gesicht, ihre hässlichen Hände, ihre Gier, ihre Rechthaberei, ihre Streitsucht. Er sah, wie sie sein würde, das Kind an der Hand, das Kind, das so aussah wie sie, mit ihren Augen, ihrer

Nase, ihrem Mund, mit roten Wangen, Apfelbäckchen und der gleichen Gier und Streitsucht. Sie liebte dieses Kind ja jetzt schon mehr als ihn, denn warum sonst hätte sie wohl den Apfel gepflückt?

Der zweite Adam, der dort stand, der war ich nicht, der konnte ich nicht sein. Ich liebte Eva doch. Ich liebte meinen Sohn in ihrem Bauch. Ich dachte nicht, was dieser Adam dachte.

Aber er blieb dort an der Tür und zeigte mir den Feigling, der ich war. Wie ich dort saß mit dem gesenkten Kopf und es nicht wagte, Nein zu sagen. Und mir den Apfel reichen ließ und aß, obwohl ich wusste, dass es das Ende meiner Freundschaft mit dem Herrn bedeutete. Ein Schwächling war ich, ließ mir von dieser Frau befehlen …

Ich kannte mich nicht mehr.

In dieser Nacht, als ich den Apfel aß, zerfiel ich in zwei Teile. Und nichts war, wie es vorher war.

»Du weißt doch, dass ich das nicht wollte, Katze!«, sagt Adam. »Ich hatte ja geahnt, dass mir der Sturm ein böses Zeichen gab!«
Die Katze schaut zum Mond, der langsam kleiner wird.
Nein, denkt sie, nein, er hat es nicht gewollt. So sind sie ja, die Menschen. Hinterher sagen sie immer, sie hätten es nicht gewollt. Aber vorher tun sie, was sie nicht wollen, und keine Katze auf der Welt wird das je verstehen …
Ach, Adam, denkt sie …
Die Eule ruft. Jetzt ist die beste Zeit zum Jagen. Die Mäuse kommen aus den Löchern und tanzen auf der Wiese.
Aber die Katze wird nicht jagen, heute nicht. Sie sitzt nur da, als ob sie lauern würde. Sie schweigt, sie lauscht, und sie erinnert sich.

DER WIND SCHWOLL AN, er wurde Sturm und dann Orkan. Er riss die Blätter von den Bäumen, er warf mit Ästen, tobte, brauste und schleuderte die Fische aus dem See. Die Wolkenfetzen jagten durch den Himmel. Und weiße Blitze zuckten.

Ich legte meine Ohren an und duckte mich ins Gras. Der Boden bebte unter mir, und in der Ferne winselte der Hund.

Ich duckte mich noch tiefer und wünschte mich zurück ins Haus, auf meine Ofenbank. Ich spürte die Gefahr. Da zog ein Unheil auf, der Sturm war nur der Bote dieses Unheils. Das, was da kommen würde, war mächtiger als ein Orkan. War mächtiger und größer als alles, was ich kannte.

Der Sturm warf einen letzten Ast nach mir, der mich nur knapp verfehlte, ein greller Blitz machte den Garten weiß, dann war es plötzlich still.

Kein Windhauch mehr. Es war, als wäre alles eingefroren, nicht mal die Gräser richteten sich auf, die Halme lagen platt gedrückt am

Boden, als läge eine unsichtbare Last auf ihnen. Die Stille kam so plötzlich, dass sie in meinen Ohren dröhnte.
Da hörte ich die kleine Pforte in der Mauer schlagen. Sie klappte auf und zu und quietschte in den Angeln. Ich hob den Kopf.
Der Hund fing an zu heulen, so wie es sonst nur Wölfe tun.
Ich war noch blind vom letzten Blitz und brauchte eine Weile, bis meine Augen die Finsternis durchdringen konnten. Ich stellte meine Ohren auf und lauschte. Ich hörte schwere Schritte auf dem Kiesweg, dann sah ich Ihn.
Er war zurückgekehrt. Er stürmte durch den Garten. Das waren Seine Schritte, die den Boden beben ließen.
Er sah mich nicht. Er lief zum neuen Apfelbaum, wo noch die Leiter lag.
Dort blieb Er stehen, befahl dem Mond zu leuchten und zählte Seine Früchte.
Er zählte laut und dann zum zweiten Mal.
Ich strich Ihm um die Beine und wartete auf Seine Hand auf meinem Kopf. Er hatte mich

doch immer so begrüßt, wenn Er gekommen war. Ich wartete umsonst. Er sah mich nicht. Er sah nur Seine Äpfel.
Und schien zu wissen, dass da einer fehlte. Ich fragte mich, woher Er das wohl wusste, denn Er war nicht dabei gewesen, als die Früchte reiften. Wahrscheinlich hatte Er die Anzahl Seiner Äpfel im Voraus berechnet, denn Pläne machen konnte Er mit links, und im Berechnen war Er unschlagbar.
Nun aber sah Er aus, als wäre Er geschlagen. Er hielt die Hände vors Gesicht, und Seine Schultern zuckten so, als ob Er schluchzte.
So kannte ich Ihn nicht. Er war der Herr. Er hatte groß zu sein und stark. Er hatte schließlich eine ganze Welt erfunden und diesen Garten, mich und Adam und die Mäuse, sogar den Mond und auch den Sturm, der Ihm gehorchte.
Was machte Ihn so klein und schwach? Und so verzagt? Ich wollte nicht, dass Er so war, und deshalb kam ich näher und strich Ihm wieder um die Beine.

Und Er, der immer gut zu mir gewesen war, Er trat nach mir und stieß mich weg.
Er nahm die Hände vom Gesicht, dann ballte Er die Fäuste; und in dem hellen Mondlicht konnte ich Seine Augen sehen. Die waren ohne Tränen, die waren schwarz vor Zorn. Er richtete sich auf, Er schien zu wachsen, Er holte Luft. Es wurde plötzlich klirrend kalt im Garten. Am Himmel zuckten rote Blitze, und in der Ferne rollte Donner.
Der Augenblick der Schwäche war vorbei.
»Wo bist du, Adam?«, brüllte Er, und Seine Stimme war so laut, dass vom Himmel ein Echo zurückkam.
WO BIST DU, ADAM?
Die Blumen senkten ihre Köpfe, die Mäuse flohen tief in ihre Löcher. Ich duckte mich zum zweiten Mal ins Gras.
»Wo bist du, Adam?«, rief Er zum dritten Mal.
Doch Adam antwortete nicht.
Da bebte die Erde, da wurde die Luft gelb, da warf der Himmel Hagel in den Garten.

Faustgroße Eisstücke zertrümmerten die Rosen und den Rittersporn. Zertrümmerten die Hecken und die Fensterscheiben des Herrenhauses, in denen sich so oft die Sonne gespiegelt hatte, und ein Orkanstoß fegte übers Land und knickte alle Bäume und hob das Dach von Adams Gärtnerhaus. Und alle Türen sprangen auf, sie fielen aus den Angeln und hoben sich und segelten im Wind, als wären sie Papier. Die Wände stürzten ein, begruben Tisch und Bett, und alles, was einmal ein Leben war, versank in Schutt und Eis.

»Wo bist du, Adam?«, brüllte Er ein letztes Mal, dann war es plötzlich still.

Ich hob den Kopf und streckte mich. Zwar hatte mich der Hagel arg getroffen und mir das Fell zerzaust, aber darunter war ich gottlob heil geblieben.

Der Garten war ein Trümmerfeld. Kein Stein lag da, wo er gelegen hatte. Die Apfelbäume waren umgestürzt, die Astern abgeknickt, und ihre blauen Blütenblätter säumten die Wege. Die Hagelkörner schmolzen schnell, der Bo-

den dampfte, und ein weißer Nebel deckte wie ein Schleier die Verwüstung zu.
Das Schmelzwasser umspülte meine Tatzen, als ich zum Gärtnerhaus schlich. Nie hatte ich mich mehr nach einer warmen, trockenen Ofenbank gesehnt. Der Herr stand stumm und reglos vor den Trümmern, die einst das Haus gewesen waren.
Da hörte ich ein Scharren, und kurz darauf sah ich den Hund mit eingezogenem Schwanz aus den Trümmern kriechen. Er winselte, als er den Herrn entdeckte, dann bellte er und lief zurück zum Haus. Er kratzte an den Steinen.
Der Herr aber rührte sich nicht. Der Hund sprang an Ihm hoch, er riss an Seinem Mantel. Er bellte, und er jaulte und lief zurück und kratzte wieder.
Selbst ich verstand den Hund. Sie lagen unter diesen Trümmern und brauchten Hilfe.
Der Herr aber, Er rührte keinen Finger. Er tat, als sähe Er den Hund nicht, vom Hören ganz zu schweigen. Er war versteinert, so wie die Statuen, die an den Brunnen standen. Ein

Mann aus Stein. Er ist ein Bild geworden, dachte ich und fühlte Angst.
Ich war ja nur die Katze. Ich hatte keine Hände, um die Steine wegzuwälzen.
Der Hund fing an zu graben. Da sprang ich hin zu ihm und half. Wir gruben schweigend, und wir kamen gut voran. Nach einer Weile spürten wir, dass drinnen sich was regte und schob und half. Und endlich, endlich war die Öffnung groß genug für Adam.
Er lebte!
Er lebte und war unverletzt. Gleich hinter ihm kroch Eva aus den Trümmern. Auch ihr war nichts passiert. Der Hund sprang bellend auf sie zu und leckte ihr Gesicht.
Adam stand auf. Er sah den Herrn, erschrak. Dann hob er schützend seine Hände vors Gesicht, als würde er auf Schläge warten.
Der Herr stand da und schwieg.
Sein Schweigen war schlimmer, als alle Schläge hätten sein können. Das Schweigen dröhnte durch die stille Nacht. Das Schweigen war wie Eis, durchsichtig, klar und kalt.

Adam fing an zu zittern. Er warf sich vor dem Herrn auf den Boden.
»Ich wollte nicht essen«, stammelte er. »Sie hat den Apfel gepflückt! Ich konnte es nicht verhindern. Sie hat gesagt, dass das Kind in ihrem Bauch sonst nicht zur Ruhe kommt … Ich schwöre, ich wollte das nicht! Ich nicht!«
Der Herr sah Eva an.
Da weinte sie und sagte: »Herr, höre nicht auf ihn. Ich wusste nicht, wie wichtig Dir die erste Ernte ist. Ich hätte diesen Apfel nie gegessen. Doch Adam machte ein Geheimnis draus. Er hat es nicht erklärt, ich dachte, es ist ja nur ein Apfel … nur ein Apfel, so wie all die anderen in Deinem Garten!«
Sie hielt sich ihren Leib und schluchzte.
»Es war da eine Stimme in mir, die hat geflüstert, dass ich den Apfel essen muss, nur diesen einen, damit mein Kind gut wächst und gut gedeiht … Ich schwöre, so ist es gewesen! Ich wollte Dich nicht kränken!«
Jetzt zitterte auch sie.
Da zog der Herr den schweren Mantel aus und

legte ihn um Evas Schultern. Dann wandte Er sich Adam zu, der immer noch am Boden kauerte.

»Steh auf, Adam!«, sagte der Herr. »Und sieh mich an. Ich werde das, was ich zu sagen habe, nur einmal sagen. Ich will, dass du verstehst, was heute Nacht geschehen ist. Ich bin zurückgekommen, wie ich schon oft zurückgekommen bin. Ich habe dich gerufen, wie ich dich oft gerufen habe, doch du hast dich versteckt. Nach all den Jahren, in denen du mich froh empfangen hast, wenn ich zurückgekommen bin. In denen du mich so begrüßt hast, wie man einen lieben Freund begrüßt, nach all den Jahren hast du dich vor mir versteckt, als wäre ich ein Einbrecher, vor dem man sich fürchten muss. Das ist es, Adam, was ich nicht verzeihen kann. Ich war dein Freund und dachte, du wärst meiner. Ich glaubte, unsere Freundschaft wäre unzerbrechlich. Ich glaubte manchmal gar, ich könnte mich in deinen Augen spiegeln. Ich wäre du, und du wärst so wie ich. Ich habe mich getäuscht, Adam. Ich habe mich in dir getäuscht. Ich sehe Angst in deinen Augen. Du fürchtest dich vor mir. Vor Freunden, Adam, aber fürchtet man sich nicht! Man fürchtet sich vor Feinden! Du denkst, ich sei dein Feind, du denkst, weil deine Frau den Apfel ohne mich geerntet hat, würde ich dich verstoßen. Das fürchtest du und fürchtest deshalb mich. Du bist so kleinmütig! Und es ist bitter, dich zu sehen, wie du dich windest und mir nicht ins Auge blicken kannst. Wie du die Liebe, die ich für dich fühlte, in den Staub getreten hast.«

Er schaute Adam an.

»Du wirst noch heute diesen Ort verlassen. Nicht wegen eines Apfels, das wäre klein und billig. Du gehst, weil du dich fürchtest und weil es nie mehr sein kann wie zuvor, du gehst, weil du die Freundschaft zwischen uns verraten hast!«

Nach dieser Rede drehte Er sich um und ging mit müden Schritten fort. Und Adam sah Ihm nach, als wäre diesmal er aus Stein.

So standen sie noch lange da. Eva in Seinen

Mantel gehüllt und Adam bleich und starr. Sie konnten es nicht fassen.
Der Hund und ich lagen im nassen Moos. Wir ruhten aus.
Es würde eine lange Reise werden. Das wusste ich, obwohl ich nur die Katze war.

Ein neuer Hund bellt irgendwo weit weg. Die Eule ruft schon wieder.
Der Mond ist klein geworden. Wie eine Kugel rollt er durch die Finsternis des Himmels, wie eine Kugel, die jemand weit geworfen hat. Das Mondgesicht ist nicht mehr zu erkennen. Kein Mund und keine Augen mehr. Und auch der stumme Schrei ist längst verklungen. Und trotzdem macht der Mond die Nacht noch immer hell. Die Sträucher werfen Schatten übers Gras.
Adam liegt neben der Katze. Er hat den Mantel zusammengerollt und seinen Kopf darauf gebettet. Er schläft.
Die Katze sieht sein silbergraues Haar und diese tiefen Falten um den Mund. Wie alt er doch geworden ist, denkt sie. Wie ihn die Welt gezeichnet hat. Ich hatte sieben Leben, er nur eins, aber das eine will und will nicht enden. Dabei sind alle andern fort. Der Hund schläft längst unter dem Rasen. Ist zugedeckt mit weicher warmer Erde. Die Katze lacht.
Da liegt er jetzt, der Hund, und träumt vom Hasen, den er fängt. Er fängt ihn wirklich, denn in

den Träumen unterm Gras wird immer alles gut, und was im Leben nie gelungen ist, gelingt auf dieser andern Seite unsrer Welt.
Das weiß die Katze, weil sie sieben Leben hat.
Wer sieben Leben hat, kennt ja die andere Seite.
So oft hat sie erzählen wollen, was dort geschieht, besonders dann, wenn Adam ganz verzweifelt war. Sie hätte Adam so gut trösten können, aber die Katze darf nicht reden. Das eben ist der Preis für sieben Leben: das Schweigen.
Er hat es so gewollt. Und aus demselben Grund hat Er den Garten dicht gemacht. Verriegelt und verrammelt. Hat sogar Wächter vor das Eisentor gestellt mit Flammenschwertern. Große und starke Männer, die jedermann das Fürchten lehren sollen, der versucht, dort einzudringen.
Ach, Adam, wenn du wüsstest!, denkt die Katze und schnurrt und legt sich dann auf seine Brust, um ihn zu wärmen.

IM MORGENGRAUEN sind sie aufgebrochen. Mit weniger als nichts. Einen Kanten hartes Brot, zwölf Äpfel und sechs Birnen und einen Schlauch voll Wasser im Gepäck. Und ein paar Tücher, die Eva aus den Trümmern retten konnte.

Ein letztes Mal quietschte die kleine Pforte, als sie sich hinter ihnen schloss.

Sie blickten nicht zurück, sonst hätten sie gesehen, wie das grüne Efeu sich augenblicklich auf die Pforte legte und sie versteckte, unsichtbar machte für alle Zeiten, die da kommen würden.

Draußen lag eine leere, wüste Ebene vor ihnen. Flach bis zum Horizont. Lehmboden, ausgedörrt von Wind und Sonne. Kein Wald und keine Wiese, nur braunes Steppengras, trocken wie Zunder. Und Steine wuchsen dort, Felsbrocken, groß wie Häuser.

Es war, als wäre Winter. Ein trüber Tag stieg auf, die Wolken hingen tief, ein kalter Wind jagte über die Steppe, versteckte sich hinter den Felsbrocken, um sie dann von der Seite anzugreifen, wenn sie aus ihrem Schatten traten. Der Wind zerzauste Adams Haar und zog an Evas Mantel. Der Hund schnürte voraus, die Schnauze dicht am Boden, als wittere er Spuren. Die Katze folgte ihnen, mit großem Abstand zwar, aber sie folgte.

Am Mittag machten sie die erste Rast. Sie kauerten sich hinter einen Felsblock, und Adam schlug mit Steinen Feuer in das gelbe Gras. Er hatte auf dem langen Weg ganz kleine dürre Äste aufgesammelt, die zündete er an. Dann teilten sie das Brot und aßen Äpfel, die Katze mauste, und der Hund schlief ein.

Adam schreckt auf. Die Katze springt von seiner Brust. Er sieht zum Himmel, sieht den kleinen Mond und ruft:

»Bleib hier! Ich will, dass du mir zuhörst, denn wenn du dich nicht selbst erinnern kannst, dann höre wenigstens, was ich berichte. Danach kannst du noch immer gehen!«

Das ruft Adam dem Mond zu. Und es sieht aus, als hätte ihn der Mond verstanden. Denn er scheint stillzustehen, wenigstens für diesen Augenblick.

Die Zeit geschieht in Augenblicken. Die Uhren täuschen uns. Die Stunden sind nicht gleich. Sie sind mal lang, mal kurz. Was zählt, was wir erinnern können, ist der Augenblick. Das andere versinkt.

Das weiß Adam genau, und er erinnert sich.

WIR SASSEN SCHWEIGEND um das Feuer. Ich sah, dass Eva weinte, und ich konnte sie nicht trösten.
Wir müssen einen Brunnen finden, dachte ich.
Wir brauchen Wasser, und wir brauchen auch ein Haus. Und wenn es eine Höhle wäre. Wir können nicht unter dem Himmel schlafen. Der Himmel wärmt uns nicht. Und wenn das Kind geboren wird, braucht es ein Bett.
Ich starrte in die Flammen, und ich dachte nach. Den ganzen Weg lang hatte ich nach Spuren gesucht. Fußspuren, die uns führen würden. Und hinter jedem Felsblock hoffte ich auf Häuser. Aber es gab dort nichts. Nichts außer Steppengras, Felsen und Wind.
Wir mussten weiter, hinter dem Horizont würde es Leben geben, dort würde Wasser fließen, dort würden Häuser stehen, dort würden Menschen wohnen. Ich reichte Eva meine Hand und zog sie hoch.
»Komm!«, sagte ich. »Komm mit!«
Wir waren nie so stumm gewesen wie auf die-

ser Reise. Es war, als wäre mir die Zunge eingefroren, obwohl in meinem Kopf die Wörter tanzten und die Gedanken wirbelten wie Schneegestöber.
Ich hatte Angst und Wut zugleich. Und ich war traurig. Am liebsten wäre ich umgekehrt, zurück zum Garten gelaufen, wo ich zu Hause war. Ich konnte nicht begreifen, dass das für alle Zeit vorbei sein sollte. Die stillen Sommertage stiegen in mir auf, die Rosen blühten, und die Bienen summten, und ich tat meine Arbeit. Wie glücklich waren diese Tage doch gewesen, wie froh mein Herz. Zerbrochen wie ein Fensterglas lag jetzt mein leichtes Leben hinter mir, und vor mir lagen Angst und Mühe und dieses Kind, das bald geboren werden würde. Mein Sohn. Ich hatte oft am See gesessen und mir sein Leben ausgedacht. Ich hatte ihn schon lachen hören, wenn er mit großen Sprüngen mir entgegenlaufen würde. Ich wollte ihm alles beibringen, wie man die Bäume pfropft und neue Apfelsorten züchtet, wie man Gemüse anbaut, welche Früchte beieinander

stehen müssen, um zu gedeihen. Er sollte ein besserer Gärtner werden als ich, alle Geheimnisse sollte er kennen. Er sollte glücklich werden im Garten, glücklich wie seine Mutter und ich.

Vorbei, alles vorbei! Wir waren heimatlos. Kein Haus, kein Tisch, kein Bett, kein Glück! Warum war sie so gierig gewesen? Sie hätte jeden andern Apfel essen können. Warum musste es dieser sein? Ich würde ihr nie verzeihen können, das wusste ich. Unsere Liebe war zerbrochen.

»Er hätte uns doch retten können, Katze!«, sagt Adam. »Uns beide und auch unsere Liebe! In all den Jahren, die vergangen sind, habe ich mich gefragt, warum Er uns nicht gerettet hat? Er hätte früher kommen können. Ein paar Stunden früher nur, und alles wäre gut.«
Die Katze schweigt.
Da springt Adam auf, er legt seinen Kopf in den Nacken und sieht den Mond an.
»Warum bist Du zu spät gekommen?«, ruft Adam. »Was wolltest Du beweisen? Dass unsere Freundschaft mir nichts wert war? Dass ich Dich hintergehen würde? Du hättest Dich beeilen können. Du wusstest, dass die neue Sorte reif war und geerntet werden musste. Du kanntest auch den Wind, der Dir die Früchte von den Zweigen reißen würde. Sag an, wie hättest Du den Wind bestraft? Du weißt es doch genau, es hing an zwei, drei Stunden! Mein ganzes Leben, und das ihre und auch das des Kindes, es hing an zwei, drei Stunden, die Du zu spät gekommen bist!«
Dann taumelt Adam, und er fällt ins Gras zurück.

»Du kennst Ihn, Katze, Er gibt keine Antwort! Immer wenn man Ihn ruft, bleibt Er stumm, und obwohl Er da ist, gibt Er keine Antwort! Auch damals hat Er keine Antwort gegeben …«

ICH FÜHLTE, DASS ER da war. Er ging mit schweren Schritten neben mir. Unsichtbar und stumm. Es dämmerte bereits, als ich die schwarzen Vögel sah. Wie eine dunkle Wolke flogen sie auf und wiegten sich im Wind. Es waren Hunderte.

Da wusste ich, dort war besiedeltes Gebiet. Dort mussten Bäume sein und Häuser, denn diese Vögel flogen jetzt zum Schlafbaum, das kannte ich vom Garten. Auch dort war immer in der Abenddämmerung ein großer Vogelschwarm in unsre Bäume eingefallen.

Ich zeigte Eva, was ich sah, und ich erschrak, als sie das Gesicht zum Himmel hob. Um ihre Augen lagen schwarze Schatten, und sie war bleicher als der Mond. Selbst ihre Lippen waren weiß. Auf ihrer Stirn stand kalter Schweiß.

»Was ist mit dir?«

»Ich habe Schmerzen«, sagte sie.

Sie stöhnte leise, und ich wusste nicht, was tun.

»Wir müssen weiter!«, sagte ich. »Leg deinen Arm auf meine Schulter! Ich will dich stützen.«

Wir kamen nur noch langsam vorwärts, denn Eva blieb oft stehen.
Die Landschaft aber hatte sich verändert. Die Steine wurden kleiner, und das Gras unter unseren Füßen war grün. Sträucher und Buschwerk säumten jetzt den Weg und kleine Birkenbäume auch.
Der Hund lief vor. Dann blieb er plötzlich stehen, lauschte, und seine Ohren zuckten. Er bellte kurz und fröhlich.
Da hörte ich es auch. Es waren Ziegen, die in der Ferne blökten.
»Wo Ziegen sind, muss auch ein Brunnen sein«, sagte ich. »Eva, wir haben es geschafft! Wir werden eine Bleibe finden. Bald wirst du trinken und dich ausruhen können.«
Ich fühlte, wie der Schmerz wie eine Welle in ihr aufstieg, sie stand ganz still und klammerte sich an mich, dann brach der Schmerz, und sie ging weiter.
Ich fragte Ihn, warum Er ihr die Schmerzen schickte? Ich bat Ihn, sie zu schonen. Ich bot mich an, ich sagte, lass mich die Schmerzen

tragen, ich bin doch stärker. Er aber antwortete nicht.

Der Himmel wurde violett, als wir den Horizont erreichten, die Ziegen rupften Gras, die letzte Sonne strahlte in die Wolken, der Mond stieg aus dem Dunst wie eine rote Feuerkugel. Und vor dem roten Mond, da stand ein Stall. Vier Wände und ein Dach, mehr als genug für uns. Und vor dem Stall ein Brunnen, gefüllt mit klarem Wasser.

Kein Mensch zu sehen, außer uns. Nur dieser Stall, die Ziegen und der Brunnen.

Und Eva krümmte sich vor Schmerzen.

Ich öffnete die Tür. Da war ein Tisch, ein Krug darauf und auch ein Teller, da war ein Stuhl, da waren Heu und Stroh. Das schüttete ich auf und warf den Mantel drüber, dass sie ein weiches Lager hatte.

Die Katze legte sich dazu.

Ich rief den Hund und ging hinaus, um Holz zu sammeln für ein Feuer.

Ich kam nur hundert Schritte weit, da hörte ich den Schrei.

Sie schrie!
Sie schrie, als stecke ihr ein Messer in der Seite.
Dann brach ihr Schreien ab, und es war still.
Ich war erstarrt, gelähmt vor Angst. Ich konnte mich nicht rühren. Ich lauschte.
Da hörte ich den zweiten Schrei, doch der war kleiner, und es war nicht Evas Stimme. Ich hörte meinen Sohn!
Ich ließ die Äste fallen, stürzte zum Stall und riss die Tür auf.
Sie lag im Stroh, sie lächelte und hielt das Kind im Arm. Da war ein Glanz um sie, ein Leuchten.
Ja, es war dieser Augenblick, in dem ich alles, was zuvor geschehen war, vergaß. Kein Groll, kein Kummer und kein Hadern mehr. Die Freudentränen liefen über mein Gesicht, und eine Woge voller Zärtlichkeit kam über mich.
Sie reichte mir das Kind. Ich hielt es vorsichtig, als könne es zerbrechen.
Das war mein Sohn!
Er war so leicht wie eine Handvoll Federn.

Und war das Schönste, was ich je gesehen hatte. Die kleinen Ohren, seine Nase, die sanfte Wölbung seiner Stirn. Die dunklen Locken, die ihm noch nass am Köpfchen klebten. Und diese kleinen Finger und die Füße erst.

»Sieh doch, Eva! Siehst du das auch? Und er hat Apfelbäckchen, ganz wie du, schau nur! Und wie er duftet! Hast du ihn schon gerochen? Er duftet süßer als die Rosen! Er riecht nach Milch und Honig!«

Ich gab ihn ihr zurück und küsste sie. Wir hielten uns im Arm.

»Er riecht nach Leben«, sagte Eva. »Nach Frühling und nach Zukunft! Und er ist stark, ganz wie sein Vater …«

»Und schön wie seine Mutter!«

Wir lachten, und wir weinten, und er schlief.

Der Mond steht still. Die längste Zeit der Nacht hat jetzt begonnen. Die Zeit des tiefsten Schlafs für alle Schlafenden, die Zeit des Wartens für die Wachen, weil sie allein sind mit sich selbst und diese Stunden nicht vorbeigehen wollen. Alles ist reglos. Sogar der Wind ist eingeschlafen, und nur die Sterne blinken kalt und fern am Himmel.
Adam erzählt nicht mehr.
Und trotzdem kann die Katze hören, was er denkt.
In welchen Häusern wir auch später lebten, denkt er, nie war ich glücklicher als damals, dort im Stall. Wir lachten und probierten Namen für das Kind. Ich war ein guter Namenfinder, denn bei den Apfelsorten hatte ich geübt, doch einen Namen für meinen Sohn zu finden, war schwerer. Denn alle Träume, alle Wünsche, die wir für ihn hatten, sollten in diesem Namen wohnen. So nannten wir ihn schließlich Kain. Er sollte stark und kräftig werden wie sein Name.
Die Katze sitzt ganz still. Sie hört, was Adam denkt, und fühlt wie er, und sie erinnert sich.

DIE ZEIT IM STALL war eine gute Zeit. Es gab dort Milch und Mäuse und einen ruhigen Schlafplatz in der Sonne.
Ein Hirte war gekommen am Tag nach Kains Geburt. Er war der Eigentümer aller Ziegen, und ihm gehörte auch der Stall. Er war sehr alt, sein Bart war weiß und lang. Er ging gebückt und stützte sich beim Gehen auf den Hirtenstab. Er war gekommen, hatte sich verneigt, das Kind betrachtet und Eva einen Käselaib geschenkt.
Er hatte mich gestreichelt, und ich kannte seine Hand. Auch sein Geruch schien mir vertraut, obwohl ich ihn noch nie gesehen hatte.
Die beiden Männer wurden sich schnell einig. Von nun an würde Adam diese Herde hüten. Er würde Ziegenkäse machen, dem Alten davon bringen und selbst so viel behalten, wie sie zum Leben brauchten. Dafür durften sie bleiben.
Der Hund verstand sofort, was seine Aufgabe jetzt war. Er kreiste um die Herde. Er bellte laut, wenn sich ein Tier zu weit entfernte, und trieb die Ziegen auf die grünen Weidegründe.

Während ich in der Sonne döste, legte Adam einen neuen Garten an. Er arbeitete hart. Schweiß stand auf seiner Stirn. Ich blinzelte und sah ihm schläfrig zu.

Er grub den Boden um, schachtete Gräben aus für die Bewässerung. Er hackte, und er harkte und sammelte die Steine, die in der Erde lagen. Es lagen viele Steine in der Erde.

Er baute Mauern, die den Garten vor dem Wind und vor den Ziegen schützten. Er baute Mauern um den Stall herum, damit der dicht und wärmer wurde. Er baute Feuerstellen und Kamine. Die Steine gingen ihm nicht aus.

Der neue Garten wurde immer schöner. Er war zwar kleiner als der Herrengarten und glich ihm doch.

In der Mitte stand der Brunnen und auch ein Apfelschössling, den Adam selbst gezogen hatte aus Kernen einer Frucht, die aus dem Herrengarten stammte.

Der alte Hirte schenkte Saatgut, das säte Adam aus. Hirse und Linsen und auch Blumensamen.

Ich hatte viel damit zu tun, die Vögel zu verscheuchen, Tauben und Krähen, die abends kamen und in der Erde scharren wollten. Sie waren frech und schnell, doch ich war jung und eine gute Fängerin.

Kain machte seine ersten Schritte, und Eva jubelte und klatschte in die Hände, als er in ihre Arme lief. Mit jedem Tag wurde er Eva ähnlicher. Er war ein Abbild seiner Mutter. Er hing an ihren Lippen und an ihrem Rock und ließ nicht los. Sobald sie sich entfernte, weinte er. Niemand konnte ihn trösten, auch Adam nicht. So viel der ihn auch wiegte und ihm Lieder sang, es half nichts. Nur Eva konnte Kain beruhigen.

Adam gefiel das nicht.

Es schien, als würde alles wahr, was dieser zweite Adam mit den scharfen Augen damals in der Apfelnacht vorhergesehen hatte.

Genauso stand sie vor ihm, das Kind an der Hand, den Sohn, der so aussah wie sie, mit ihren Augen, ihrer Nase, ihrem Mund, mit roten Wangen, Apfelbäckchen und mit der gleichen

Gier und Ungeduld. Und Eva liebte dieses Kind mehr als ihr Leben, mehr als die Sonne, mehr als die Welt.
Adam gefiel das nicht. So kam es, dass sie immer öfter stritten.
An einem frühen Sommermorgen fand Adam seinen Sohn im Garten. Er saß im Linsenbeet und riss die Pflanzen aus und lachte. Da packte Adam Kain und sagte streng: »Das darfst du nicht! Die Pflanzen wollen wachsen, so wie du!«
Kain schrie, als ging es ihm ans Leben, und Eva stürzte aus dem Haus und riss das Kind aus Adams Armen.
Wie eine Löwin stand sie da.
»Lass meinen Sohn in Ruhe!«, fauchte sie. »Er ist noch klein! Er weiß nicht, was er tut!«
»Was er nicht weiß, das muss er lernen!«
»Aber nicht so! Du schlägst ihn hinter meinem Rücken!«
»Ich habe ihn nicht angerührt! Ich habe nur ein Nein gesagt!«
»Und warum weint er dann?«

»Weil er ein Nein nicht kennt, weil du ihm nie die Grenzen zeigst!«

»Was braucht er Grenzen? Frei soll er sein und stark! Kein Knecht wie du!«

Da senkte Adam seinen Kopf und sagte leise: »Wer keine Grenzen kennt, der ist nicht frei!«

Dann drehte er sich um und ging zu seinen Ziegen.

Am Abend saß er auf der Mauer neben mir, starrte zum Horizont in jene Richtung, von wo wir einst gekommen waren.

Da wusste ich, er wünschte sich zurück.

Er hatte Sehnsucht nach dem Herrn und nach dem alten Leben.

Von da an war die gute Zeit vorbei.

Adam war unzufrieden, und er sprach nicht mehr mit Eva.

Er tat wohl seine Arbeit, er jätete das Unkraut, er hackte Holz und trug das Wasser in das Haus, aber er hatte keine Freude mehr an dem, was er da tat.

Er haderte mit sich und seinem Schicksal.

Nachts blieb er immer öfter draußen bei den

Ziegen. Er saß am Feuer, stierte in die Flammen, während der Hund die Herde wachsam umkreiste.
Ich lag ein wenig abseits, denn ich war ihm gefolgt, weil ich mich um ihn sorgte.
Das war nicht mehr der Adam, den ich kannte. Er hatte seine Fröhlichkeit und seine Zuversicht verloren. Er sang nicht mehr, er schlief nur wenig, er saß gebückt und mit gesenktem Kopf im Feuerschein.
In dieser Nacht sprang Adam plötzlich auf. Er ballte seine Fäuste und streckte sie zum Himmel. Es sah so aus, als wolle er dem Himmel drohen.
»Ich weiß, dass Du da draußen bist!«, rief Adam. »Hör auf, Dich zu verstecken! Komm endlich her und gib mir Antwort!«
Noch während er so rief, hörte ich Schritte näher kommen.
Ich spitzte meine Ohren.
Der Hund fing an zu bellen, aber er bellte freundlich. Dann sprang er in die Dunkelheit und war verschwunden.

Auch Adam hatte ein Geräusch gehört. Er stand jetzt still und lauschte.
Es war der Hirte, der ans Feuer trat.
Er grüßte Adam, der ihn verwundert ansah. Dann legte der Alte den Stab ins Gras und setzte sich.
Ich drängte mich an seine Seite, er strich mir mit der Hand über mein Fell, als ob er prüfen wolle, ob es auch dicht genug sei. Er hatte mich erkannt, und ich ihn auch.
Dann wandte er sich Adam zu.
»Was ist mit dir? Ich höre, du bläst Trübsal. Ist deine Arbeit dir zu schwer? Hast du die Ziegen satt? Schmeckt dir der Käse nicht?«
»Das ist es nicht.«
»Was ist es dann, was dich betrübt?«
»Es ist die Einsamkeit.«
»Du hast doch Frau und Kind. Was sitzt du hier alleine bei den Ziegen?«
»Ich halte es zu Hause nicht mehr aus. Sie wollen mich dort nicht. Sie sind mir fremd geworden. Eva verachtet mich. Sie sagt, ich sei ein Knecht, kein freier Mann. Und Kain, mein

Sohn, kennt mich nicht mehr, läuft schreiend fort, wenn er mich sieht!«
Der Alte lächelte.
»Kein Wunder. Wenn du nie zu Hause bist, wie soll dein Sohn dich kennen? Er fürchtet sich vor dir, denn dein Gesicht ist ihm nicht mehr vertraut. Er ist ein Kind. Zwei Tage sind ein Jahr, wenn man noch neu auf dieser Erde ist. Hast du mit ihm gespielt? Hast du ihn abends in den Schlaf gesungen? Hast du mit ihm gelacht? Das alles hast du nicht getan!«
»Sie lässt es mich nicht tun! Der Junge hängt an ihrem Rock! Sie hätschelt ihn und liest ihm alle Wünsche von den Augen ab. Sie zeigt ihm keine Grenzen und macht den eigenen Sohn mir fremd!«
»Papperlapapp! Um Ausreden warst du noch nie verlegen, Adam! War es nicht so, dass du von früh bis spät gegraben hast? Den Kopf gesenkt, und nur die Steine und die Erde waren wichtig? Wann hast du aufgeschaut? Wann hast du denn zum letzten Mal auf etwas anderes geachtet als auf deine Pflanzen …?«

»… die gut gewachsen sind mit meiner Pflege!«
»Es ist nicht dein Verdienst, dass sie gewachsen sind. Es waren starke Samen. Und Sonne, Luft und Wasser haben sie keimen lassen! So ist die Welt gemacht. Der gute Samen wächst von ganz allein. Im Gegensatz zur Liebe! Die Liebe, die verkümmert ohne Pflege!«
»Was weißt du von der Liebe?«, fragte Adam. »Du lebst allein, hast weder Frau noch Kind … Was weißt du von der Liebe?« Und es lag Spott in Adams Stimme.
Der Alte schwieg. Er schaute in die Flammen. Ich wusste nicht, ob es der Feuerschein oder der Zorn war, der sein Gesicht erglühen ließ. Aber ich hörte, dass sein Atem schneller ging und dass er schnaufte.
Ach, Adam, dachte ich, warum bist du so blind? Warum erkennst du Ihn denn nicht? Du hast Ihn doch gerufen! Du wolltest Seinen Rat! Jetzt ist Er endlich hier und spricht mit dir, und du siehst nur dich selbst!
Da legte Er die Hand auf Adams Stirn.

»Schließ deine Augen, Adam«, sagte Er. »Ich will dir etwas zeigen!«

Adam erschrak. Ich fühlte seine Furcht. Er schloss die Augen.

Ich glaubte, plötzlich einen hellen warmen Glanz zu sehen, und musste blinzeln, so wie man in die Sonne blinzelt, wenn sie am Mittag scheint. Dann war es schon vorbei.

Er nahm die Hand von Adams Stirn, und Adam öffnete die Augen.

Sie saßen beide da und schauten in die Flammen. Es war, als hätte es den Augenblick zuvor niemals gegeben.

»Weißt du, man kann die Liebe kennen, ohne Frau und Kind zu haben«, sagte der Alte. »Wenn du am Morgen aufwachst und voll Freude deinen Tag begrüßt, dann ist das Liebe. Wenn du am Mittag mit Genuss dein Brot isst und dein Wasser trinkst, dann ist das Liebe. Und wenn du abends in die Sterne schaust und dich an ihrem Glanz erfreust, bevor du schläfst, dann ist das Liebe. Wenn du jedoch dein Herz verschließt vor aller Schönheit dieser Welt, wenn du nicht innehalten kannst und nie zum Himmel schaust, dann wirst du diese Liebe bald verloren haben. Und deine Tage werden kalt und dunkel und deine Arbeit nur noch Last und Mühe.«

»Du meinst, ich könnte sie verlieren? Eva und Kain und meine ganze Freude?«

Da war kein Spott mehr in der Stimme Adams, er fragte ängstlich, fast so wie ein Kind.

»Du hast sie schon verloren, durch deine Unachtsamkeit. Du hast sie aus dem Blick verloren. Also geh hin und nimm sie in die Arme und schau sie wieder an und freue dich an ihnen!«

Der Alte tastete nach seinem Stab, dann stand er mühsam auf und schickte sich zum Gehen. Der Hund sprang an ihm hoch und leckte seine Hand, und ich, ich rieb mein Fell an seinen Beinen.

Er lächelte, umarmte Adam und war dann wieder in der Dunkelheit verschwunden.

Was immer er gesehen haben mag in jener Nacht, Adam war wie verwandelt. Die Trübsal fortgeblasen, die Schwermut abgefallen. Er

ging nach Hause. Er lachte und umarmte Eva. Sie wurde weich wie früher, und sie tanzten um den Apfelbaum.
Adam bemühte sich um Kain. Er zeigte ihm die Kräuter und die Blumen, erklärte, wie der Käse gemacht wird, er baute Burgen mit dem Kind und schnitzte Pferde, Esel, Hunde. Zusammen formten sie Figuren aus dem feuchten Lehm. Männer, Frauen und Kinder, und Adam erzählte Kain vom Herrn und von dem großen Garten mit der hohen Mauer drum herum. Im Frühjahr säten sie Kains Namen in ein Beet, so lernte er das Lesen und die Gärtnerei.
Und dennoch blieb der Sohn dem Vater fremd.
Kain fehlte die Geduld, die man als Gärtner braucht. Nichts ging ihm schnell genug. Das Wachsen nicht, das Reifen nicht, und immer wieder fragte er: »Wann kann ich endlich ernten, Vater? Sind diese Beeren denn nicht reif? Schau hin, sie sind doch rot!«
»Sie sind nicht rot genug! Sie sind noch sauer, und sie müssen süß sein!«

»Aber die Vögel picken sie schon auf! Nichts wird uns übrig bleiben, wenn wir jetzt nicht ernten!«
Kain war wie seine Mutter.
Die gleichen Sätze hatte Adam auch aus Evas Mund gehört, damals im großen Garten.
Sicher, es war ihr Ah und Oh gewesen, das ihn bezaubert hatte. Das Schau mal hier und Schau mal da und ihr Entzücken und die reine Freude, die sie fühlte.
Aber zugleich hatte ihn Evas Art verstummen lassen, denn Adams Zunge war nicht scharf wie ihre, er musste lange überlegen, bis er Worte fand. So stand er jetzt vor Kain und war ihm nicht gewachsen, wie er einst Eva nicht gewachsen war.
Der Junge erntete gegen den Rat des Vaters.
Die Beeren waren sauer.

Jetzt schläft Adam, er schläft zwar unruhig, aber tief. Traumbilder laufen über seine Seele. Es zuckt um seinen Mund, er lacht.
Die Katze sitzt da, hütet seinen Schlaf, und weil sie eine Katze ist, kann sie die Träume lesen, die er träumt.
Er träumt von seinem zweiten Sohn.
Der wird in einer lauen Sommernacht geboren.
Er ist viel zarter und viel kleiner als sein Bruder Kain. Sein erster Schrei ist leise, und er hat goldene Fäden im Haar. Das ist der Sternenstaub, den hat er mitgebracht.
Jetzt lächelt Adam. Er wiegt das Kind im Traum in seinen Armen und flüstert: »Abel, mein Abel sollst du sein, mein Windhauchkind, mein sanfter Sohn.«
Schlaf weiter, Adam, schnurrt die Katze leise. Ich will den Traum bewachen, den du träumst. Es ist ein guter Traum.

MIT ABEL WURDE alles anders.
Der alte Hirte war gekommen. Diesmal hatte er Wein gebracht. Für Eva. Es war ein starker roter Wein. Sie solle davon trinken, hatte er gesagt, das würde sie gesund machen und ihr die Kraft zurückgeben, die sie bei der Geburt verloren habe.
Dann sprach der Hirte seinen Segen über Abel.
»Du, Kind, sollst wachsen und gedeihen. Du sollst die Eltern achten und ihnen eine Hilfe sein. Und deinem Bruder werde du ein guter Freund.«
Zu Adam aber sagte er: »Denk an meine Worte und hüte dieses Kind so gut, wie du die Ziegen hütest. Dein Abel ist kein Gärtner. Er wird ein Hirte werden, so wie ich!«
Mit Abel wurde alles anders.
Für Adam gab es nur noch Sommertage. Lupinentage, Heckenrosenzeit. Die Schwalben flogen hoch und sirrten ihr Srii Srii im Flug.
Sobald er laufen konnte, lief Abel Adam nach. Er sirrte wie die Schwalben, wenn ihn der

Vater auf seinen Schultern zu den Ziegen trug. Er streichelte die Zicklein, er lachte laut, wenn sie an seinen Fingern saugten, weil ihn das kitzelte. Und wenn der Mittag kam und alle Tiere Schatten suchten, lag Abel mitten in der Herde, den Kopf an einen Ziegenbauch gelehnt, und schlief.

Adam bewachte seinen Schlaf und strich ihm immer wieder übers Haar.

So wurde Abel Adams Windhauchkind, und Adams Unglück hatte sich verwandelt. Die Sehnsucht nach dem alten Garten war vorbei, und die Erinnerung daran verblasste. Hier stand das neue Haus, hier war der neue Garten, hier war das Leben gut.

Er dachte manchmal über seine Söhne nach in diesem Sommer und dachte, wie verschieden sie doch waren. Kain war ein Kämpfer, der den Wettstreit liebte.

»Komm, Abel, komm, wir laufen! Und wer zuerst am Brunnen ist, der hat gewonnen!«

Schon war Kain losgelaufen, und Abel stolperte ihm hinterher.

»Gewonnen, Abel! Ich bin Sieger, Abel! Das schaffst du nie!«

Kain war so wild und ungestüm und war so schnell.

Doch Abel konnte klettern. Er konnte klettern wie die Ziegen. Er zog sich an den steilsten Felsen hoch. Sein Tritt war immer sicher, und er kannte keinen Schwindel. Und wenn er oben war, dann strahlte sein Gesicht vor Freude, während Kain unten stand und finster schaute.

»Ich wusste es! Dein Vater war ein Ziegenbock!«, rief Kain und lachte hämisch.

Da konnte Abel nichts entgegnen, weil ihm die Worte fehlten, und seine Augen füllten sich mit Tränen.

Sie sind wie Feuer und Wasser, dachte Adam. Und sind doch beide meine Söhne. Und beide muss ich lieben.

Und trotzdem war ihm Abel lieber, weil Adam in diesem Sohn sich selbst erkannte.

Dem Jungen fehlten oft die Worte, er war bedächtig, ruhig und langsam. Kain war der Muttersohn, Abel gehörte ihm.

Auch Eva war in diesem langen Sommer glücklich mit Kain an ihrer Seite. Sie backten Brot zusammen, sie ernteten im Garten, sie gerbten Ziegenfelle, und Eva nähte Mäntel für die Söhne.

Kains Mantel nähte sie aus weißen Fellen, für Abel wählte sie die Farbe Schwarz.

Da hatte Adam sie gefragt: »Warum denn Schwarz für Abel?«

»Wenn er ein Hirte wird, dann ist es besser, dass sein Mantel unempfindlich ist.«

Sie sagte es mit einem Unterton, der Adam schmerzte, doch er schwieg, er wollte keinen Streit mit ihr.

Ach, diese Menschen, denkt die Katze.
Sie weinen über kleine weiße Sommerwolken und sehen nicht das Unheil, das schwarz und drohend hinter ihnen aufzieht. Du wolltest keinen Streit mit deiner Frau und hast damit das Unglück vorbereitet, Adam.
Du warst nicht ehrlich und warst nicht gerecht. Du hast den einen Sohn dem andern vorgezogen und hast die Augen zugemacht. Du wolltest deine Ruhe, deinen Frieden. Du hast nur dich gesehen und dein kleines Glück. Erinnerst du dich nicht? Du warst gewarnt!

AN JENEM TAG, als Kain zum ersten Mal den weißen Mantel trug, lag ich im Schatten unter unserm Apfelbaum.
Der Schössling war zum Baum geworden, der reiche Früchte trug im Herbst und dessen Blütenduft jetzt über Haus und Garten wehte.
Ich lag dort, döste, ein leiser Wind säuselte in den Blättern und ließ die Sonnenflecken tanzen. Die Tauben gurrten, und die Bienen summten, es roch nach Apfelblüten und nach warmem Brot. Es roch nach Frühling und nach Frieden. Von ferne hörte man die Ziegen blöken. Der Hund bewachte sie.
Abel saß neben mir, ein Zicklein auf dem Schoß, das neu geboren war und von der Ziegenmutter keine Milch bekam. Sie hatte es verstoßen. Geduldig ließ er es an seinem Finger saugen und stupste immer wieder die kleine Schnauze in das Schälchen mit der Milch, damit das Zicklein trinken lernte.
Adam bestellte seinen Garten. Er hatte eine Schnur gespannt, damit die Wege, die er trat, auch gerade wurden. Von Zeit zu Zeit schaute

er auf und sah zu Abel hin, mit einem Blick voll Zärtlichkeit, voll Stolz und Wohlgefallen.
Es war die Mittagsstunde, die Sonne stand schon hoch und wärmte, als Kain heraustrat auf den Hof. Zum ersten Mal trug er den neuen, weißen Mantel und einen Gürtel in den schönsten Farben. Rot, blau und gelb bestickt. Er lächelte, und seine Wangen glühten. In seinen dunklen Augen funkelte das Glück. Er lief zu Adam und verneigte sich.
»Schau, Vater!«, rief er. »Ich bin ein Herr! Die Mutter hat gesagt, ich sehe schöner aus als der, den du gekannt hast!«
Da richtete sich Adam auf, betrachtete den Sohn, und seine Miene wurde finster.
Kain drehte sich. Er warf den Kopf zurück. Er schüttelte die schwarzen Locken. Er lachte.
»Nun sag doch, Vater, gleiche ich ihm nicht? Bist du nicht stolz auf mich?«
Kain war so glücklich. Er war so stolz auf diesen Mantel. Er bettelte um Adams Lob, und er bemerkte nicht, dass auf der Stirn des Vaters eine Zornesader schwoll.

Was dann geschah, war unrecht. Und Adam wusste das.
Er wusste, dass kein Vater auf der Welt zu seinem Sohn die Sätze sagen durfte, die er in größtem Zorn und blind vor Wut Kain in die Ohren brüllte.
»Du Narr! Du Lump! Du Nichtsnutz!«, brüllte Adam. »Du willst ein Herr sein, weil du einen weißen Mantel trägst? Du willst Ihm gleichen? Und du versteigst dich, auf diese Weise Seinen Namen vor mir in den Schmutz zu ziehen? Ein eitler Wurm bist du! Ein Großmaul und ein Habenichts! Die Wahrheit ist: *Du* hast das Unglück über uns gebracht! Denn wegen dir hat deine Mutter jenen Apfel einst gegessen, der uns die Heimat und die Freundschaft raubte. Nur deshalb habe ich den Herrn verloren, mit dem du dich vergleichst! Nie werde ich dir das verzeihen können, Kain! Der Stachel wird in meinem Herzen sitzen, bis ich sterbe! Nimm dir ein Beispiel hier an deinem Bruder Abel! Er ist mein wahrer Sohn!«

Adam stand keuchend da und ballte seine Fäuste.
Und ich sah Kain zerbrechen, und Abel sah es auch.
Kain wurde bleich.
Er taumelte zurück.
Er riss den bunten Gürtel sich vom Leib und ließ im Fortgehen diesen Gürtel Abel vor die Füße fallen.
Eva war aus dem Haus gestürzt.
Sie lief dem Jungen nach.
Laut rief sie seinen Namen, aber er hörte nicht.
Er war schon fort.
Da drehte Eva um und stürzte sich auf Adam.
Sie schlug mit beiden Fäusten auf ihn ein.
»Du bist ein Unmensch, Adam!«, schluchzte sie. »Du bist ein Unmensch!«

Im Schlaf schlägt Adam um sich. Er weint, er wimmert. Die Tränen fließen über sein Gesicht. Dann greift er sich ans Herz.

Die Katze fährt die Krallen aus. Sie hebt die Tatze.

Wenn er nicht aufwacht, jetzt, sofort, wird sie ihn wecken müssen.

Sie wird den kleinen Schmerz über den großen legen.

Das hilft, denn das ist Katzenart. So und nicht anders macht sie Beute. Die Mäuse wissen nichts vom Tod. Sie spüren zwar die kleinen Wunden, die eine Katze ihnen zufügt, doch sie ahnen nichts vom Ende.

Es ist so weit. Jetzt schlägt die Katze ihre Krallen fest in Adams Fleisch.

Und Adam stöhnt ein letztes Mal, dann wird er wach.

Er schlägt die Hände vors Gesicht. Das Schluchzen schüttelt ihn noch immer.

»Ich hätte es nie sagen dürfen«, flüstert er. »Warum hat mich der Zorn so weit gebracht? Mein Sohn stand vor mir, und er freute sich und lachte,

und plötzlich war mir so, als ob der Wind mit aller Macht in eine Glut blies, und eine Flamme höher als ich selbst verzehrte mich. Ein greller Blitz machte mich blind, ich wurde Feuer.
Ach, könnte ich die Wörter doch in meinen Mund zurückschlagen. Nur einmal noch erwachen an jenem Frühlingsmorgen und in den Garten gehen, nur einmal noch die Schnüre spannen und die Wege treten und Abel sehen, wie er das Zicklein tränkt.
Dann käme Kain und zeigte mir den Mantel, ich würde mit ihm lachen und mich für ihn freuen. Ich würde rufen: Abel, schau, dein Bruder ist ein feiner Herr geworden. Wie gut ein bunter Gürtel ihn doch kleidet!
So spräche ich, wenn ich nur einmal noch den gleichen Tag erleben dürfte und die gleiche Stunde. Und alles würde gut. Wir säßen jetzt unter dem Apfelbaum. Eva und ich. Wir würden heute Kains und Abels Söhne hüten und ihre Namen in die Beete säen.
Bin ich ein Unmensch, Herr? Hatte sie recht, als sie mich schlug und mich so nannte? Hast

Du Dich deshalb von uns abgewandt? Warum hast Du den Sohn mir nicht gerettet, der mir der liebste war?«

KAIN RANNTE. Er rannte tränenblind, er rannte, ohne auf den Weg zu achten. Nur weg von dort, nur weg vom Vater und von Abel. Er hörte seine Mutter rufen, er rannte weiter. Er spürte nicht die Steine unter seinen Füßen. Er rannte so wie ein gejagtes Wild, die Worte Adams in den Ohren. Die Worte seines Vaters, die wie Pfeile in seinem Herzen steckten und ihn vergifteten.

»Nimm dir ein Beispiel hier an deinem Bruder Abel! Er ist mein wahrer Sohn!«

Da blieb Kain stehen, und er schrie es weinend in den Wind.

»Mein Bruder Abel mit den großen Unschuldsaugen. Kein Wasser kann er trüben. Mein Bruder Abel mit den blonden Locken. Nie wurde er getadelt, nie geschlagen. Was immer er auch tut, er wird gelobt. Mein Bruder Abel steht herum, er streichelt seine Ziegen, er setzt die Unschuldsmiene auf und wird dafür geliebt!«

Das Gift der Worte breitete sich in ihm aus, und es erreichte jetzt die Hände und die Füße und den Kopf. Da waren keine Tränen mehr in seinen Augen. Kain wurde kalt, und er fing an zu hassen.

Es wird dir nicht gelingen, mich zu vertreiben, Abel! Ich weiche nicht, denn ich war vor dir da!, so dachte Kain und bückte sich, um einen Stein vom Boden aufzuheben. Der Stein war warm, er war ganz glatt und hart und passte gut in seine Faust.

Es war, als gäbe ihm der Stein die Ruhe und die Sicherheit zurück, die Adam ihm genommen hatte. Er steckte ihn in seine Manteltasche.

Dann drehte er sich um und ging den weiten Weg zurück.

Ein Sturm war aufgezogen. Kain kam nur langsam vorwärts. Er musste sich dem Wind entgegenstemmen, der seinen Mantel blähte und in seinen Ohren heulte. Es dämmerte bereits, als sich von hinten eine Hand auf seine Schulter legte.

Kain fuhr herum. Er hielt den Stein umklammert.

Es war der alte Hirte, der da vor ihm stand.

»Warum bist du allein hier draußen?«, fragte er.

»Ich sehe nach den Ziegen!«, sagte Kain. »Der Vater hat mich rausgeschickt. Ich soll die Herde holen, weil es stürmt!«

»Und warum hältst du einen Stein in deiner Hand? Willst du die Ziegen mit dem Stein erschlagen?«

Kain wusste keine Antwort, senkte den Kopf und blickte auf den Boden. Der Alte aber fasste ihn am Kinn und zwang ihn, hochzusehen. Kain drehte seinen Kopf. Er wollte ihm nicht in die Augen schauen.

»Ich sehe doch, dir ist ein Unrecht widerfahren!«, sagte der Hirte. »In deinen Augen funkeln Trotz und Hass! Mein Sohn, tu nichts, was du bereuen müsstest! Gib mir den Stein! In deiner Hand wird er zur Waffe werden!«

Der Alte packte Kain am Arm und wollte ihm den Stein fortnehmen, doch Kain stieß ihn mit aller Kraft zurück und riss sich los. Der Alte stürzte, und der Junge hetzte übers Feld dem Hause zu.

Was dann geschah, war nicht mehr aufzuhalten und nicht zu ändern, obwohl der Sturm versuchte, Kain zu hindern, ihn umzuwerfen und ihn wegzutragen.
Es war der gleiche Sturm, der Abel auf den Bruder zutrieb.
Sie flogen aufeinander zu.
Und Abel trug den schwarzen Mantel und lachte, denn er freute sich, dass Kain nach Hause kam. Kain hielt den Stein noch fester in der Faust.
Und dann nicht mehr.
Und Abel lag am Boden.
Er schaute in den Himmel, den er nicht mehr sah.

Warum hat Er das zugelassen, Katze? War das die späte Rache für die Apfelnacht? War das der Preis für unsere neue Freiheit? Im eigenen Garten gärtnern, die Früchte ernten, die man selber sät! Ein Wort von Ihm, ich hätte alles stehen und liegen lassen und wäre mit den Söhnen und mit Eva zurückgegangen in den alten Garten. Ich hätte Ihm das Feld bestellt, nicht mir! Das hat Er doch gewusst!
Ich, Adam, aber wusste nichts!

ICH STAND IN UNSERER Tür und wartete auf Abel, der fortgegangen war und nach den Ziegen sehen wollte. Der Sturm schwoll an. Die Fensterläden schlugen.

Die Pforte klappte, und dann sah ich Kain.

»Wo warst du?«, fragte ich. »Wir haben uns gesorgt!«

Er sah durch mich hindurch und sagte nichts. Sein Blick war starr. Dann schob er mich zur Seite und betrat das Haus.

Ich folgte ihm.

Ich wusste nicht, wie ich es sagen sollte. Ich schämte mich für meine Wut vom Mittag, und ich bereute, dass ich ihn beschimpft und fortgestoßen hatte. Das wollte ich ihm sagen. Ihn um Verzeihung bitten wollte ich.

Aber das Einzige, was ich ihn fragte, war:

»Wo ist dein Bruder Abel? Bist du ihm nicht begegnet, Kain?«

Da blieb er stehen, drehte sich zu mir um und sah mich an mit einem Blick aus Eis.

»Bin ich der Hüter meines Bruders?«, fragte er.

Und wieder fehlten mir die Worte und der Mut. Ich dachte Ja und sagte Nein und senkte meinen Blick.
Als Eva in die Stube kam, da hatte Kain sein Bündel schon geschnürt.
Sie rang die Hände, flehte ihn an zu bleiben, sie weinte, und sie klagte.
»Ich kann nicht bleiben, Mutter!«, sagte er. »Ich gehe fort!«

»Zwei Söhne habe ich verloren in einer Nacht!«, sagt Adam. »Geblieben sind mir nur das leere Haus und eine Frau, die stumm vor Kummer ist. Und Abels Grab, in das wir ihn gelegt haben. Und das ich graben musste, ich, der Gärtner.« Dort auf dem Grab, dort steht der Heckenrosenstrauch. Dort sitzt die Katze nachts, wenn sie auf Beute lauert. Dort sitzt auch Adam, der alte Adam, der so müde ist und der nicht schlafen kann. Und dann spricht Adam manchmal mit dem Mond.

JUTTA RICHTER, geboren 1955 in Burgsteinfurt/Westfalen, studierte katholische Theologie, Germanistik und Publizistik und lebt als freie Schriftstellerin auf Schloss Westerwinkel im Münsterland. Bei Hanser erschienen bisher: »Der Hund mit dem gelben Herzen« (1998), ausgezeichnet mit dem Rattenfänger-Preis der Stadt Hameln und nominiert für den Deutschen Jugendliteraturpreis; »Es lebte ein Kind auf den Bäumen« (1999), illustriert von Katrin Engelking und vertont von Konstantin Wecker; »Der Tag, als ich lernte, die Spinnen zu zähmen« (2000), ausgezeichnet mit dem Deutschen Jugendliteraturpreis; »Hinter dem Bahnhof liegt das Meer« (2001); »Anna Klimperauge« (2002), illustriert von Ulrike Möltges; »An einem großen stillen See« (2003), illustriert von Susanne Janssen; »Hechtsommer« (2004), ausgezeichnet mit dem Katholischen Kinderbuchpreis; und zuletzt »Die Katze oder Wie ich die Ewigkeit verloren habe« (2006). Für ihr Gesamtwerk erhielt die Autorin 2004 das Hermann-Hesse-Stipendium.